DONNY RECIBE UNA INYECCIÓN

Una mamá lleva a su hijo al doctor para que le den una inyección

Donny recibe una inyección / Donald L. Straub

Resumen del cuento: El libro, como el titulo lo indica, Donny recibe una inyección, se trata de un niño a quien cuya madre lo lleva al doctor para que le pongan una inyección, pero como verás, él realmente no quiere recibirla. Lee como la mamá y la enfermera resuelven la situación.

Dedicatoria

Este libro va dedicado a mi esposa, Margaret. Quien me ha aceptado y permitido hacer lo que yo he deseado en la búsqueda de convertirme en lo que estoy destinado a ser.

DONNY RECIBE UNA INYECCIÓN

Una mamá lleva a su hijo al doctor para que le den una inyección

"¡Buenos días, Donny! ¡Ya es hora de levantarte!" Es lo que decía mami mientras se asomada desde la entrada de la puerta de mi cuarto.

"¡Mmmbuehh... buenos días mami!" Dije, con cierta renuencia porque me acababa de despertar.

"¿Listo para desayunar?" Preguntó mami en un tono alegre.

"¡Sí, por favor! Tengo muuuuucha hambre!" Dije mientras me frotaba los ojos.

“¿Qué te gustaría para desayunar? ¡Puedes pedir los que tú quieras esta mañana! Hoy en un día **especial**.” Dijo mami una vez más con un tono alegre.

"¡Me encantarían unos panqueques! Podrías hacer panqueques esta mañana?"Dije con el mismo optimismo de mami. "¿Está papi en casa?"

"¡Claro que sí! Te haré los panqueques que tu quieres para desayunar. No, papá ya se fue a trabajar. Empieza a alistarte y bajas para desayunar. Empezaré a preparar tus panqueques ahora - así que no te demores." Dijo mami.

"¡Esta bien!" Escogiendo mi camisa favorita, me vestí. Con mis calcetas y zapatos en mano me dirigí a la planta baja en dirección a la cocina donde mami preparaba el desayuno. Teníamos la costumbre de comer el desayuno en la cocina.

Mami dijo, "¡Los panqueques ya casi están listos así es que pon las calcetas y los zapatos en el piso y siéntate para qué empecemos a comer!"

Mientras untaba mantequilla a mis panqueques, mami vertía miel encima de ellos. Siempre me han gustado los panqueques gruesos empapados de miel. Mami llenaba un vaso con jugo de naranja para que yo bebiera.

Mientras comía mis panqueques pregunté, "¿Qué haremos hoy, mami? ¿Iremos al zoológico? Me encanta ir al zoológico. Me gustan mucho los animales. ¡Dijiste que hoy es un día muy **especial!**"

Lo que mami dijo a continuación me causó pánico y miedo. No podría creer que ella pensara que esto iba a ser un "**¡Día Especial!**" "¡Tenemos una cita para ir a ver al doctor!" Mami dijo casi emocionada.

"¿Qué? ¿Porqué? ¡Me siento bien! ¡Ni un resfrío tengo! No tengo temperatura... ¿o sí? ¿Podemos ir a zoológico mejor? ¡Quiero salir y jugar! El día esta tan bonito."

“¡Tenemos que ir a ver al doctor porque necesitas una inyección!”

“¿Qué? ¿Una inyección? ¡Pero no estoy enfermo!

¡No necesito la inyección! ¡Me siento bien! Sentiste mi frente.”

Gritaba nervioso y tembloroso.

"No, no es ese tipo de inyección. A veces recibimos inyecciones para sentirnos mejor, pero otras veces recibimos inyecciones para no enfermarnos."

“Pero me va a doler mucho cómo la otra vez que me golpeé el pulgar con el martillo.”

“¡Oh, no va a estar tan mal!” Mami digo conteniendo una risa. “¡Ya verás!” Tráeme tus calcetas y zapatos para que te ayude a ponértelos. Después de que te pongas los zapatos vas y te cepillas los dientes y terminas de arreglarte.

Pisoteando con mis pies empece la insoportable, larga caminata hacia arriba para llegar a mi cuarto y terminar de alistarme. Me cepillé los dientes por un largo rato y me lavé las manos muy, pero muy bien, tratando de tomar el mayor tiempo posible.

Lentamente seguí el camino largo hacia abajo pisoteando con mis pies en cada paso. Esta fue la caminata más larga que había hecho en esas escaleras tan familiares para reunirme con mami en la puerta principal de la casa.

Mami me ayudó con mi silla infantil del asiento trasero de su auto. Ella se dirigió directamente al consultorio del doctor mientras cantaba y tarareaba suavemente una canción durante el viaje.

Al salir del auto mami se dirigió a ayudarme a salir de mi silla infantil. Saliendo del auto me quedé ahi con mi cabeza baja. Lloriqueaba con lágrimas en mis ojos y arrastraba los pies en cada paso del camino.

Mami tomó mi mano y la puso en la de ella y caminamos hacia el consultorio del doctor. Caminaba lo más despacio que mami me dejara, arrastrando los pies con la cabeza baja.

Al llegar al consultorio me aferré fuertemente de la pierna de mami con mis ojos llenos de lágrimas empece a llorar.

Mami me indicó a que fuera hacia la sala de espera donde había algunos juguetes. Mami se dirigió hablar con la mujer de la ventanilla del consultorio e hicieron un par de cosas.

Cuando mami terminó de hablar con la mujer de la ventanilla, ella se dirigió a sentarse en un una de las sillas de la sala de espera para leer una revista. Continué mirando a los juguetes con los cuales no estaba interesado en jugar. Lágrimas se formaban en mis ojos y empezaban a deslizarse a través de mis mejillas.

Después de unos cuantos minutos nos llamaron para entrar al consultorio. Con mi cabeza hacia abajo mami me tomó de la mano nuevamente y caminamos en el pasillo excepcionalmente largo hacia un cuartito.
Esta fue la caminata más larga de mi vida.

La enfermera entró al cuartito donde esperábamos. Ella puso una cosa en mi oido para que pudiera tomar mi temperatura. “¡Es 98.6!” dijo. Mi temperatura estaba perfecta. Después dijo que me iba a dar “**la inyección**”.

Miré a mami. Mis ojos se abrieron tanto que se llenaron de lágrimas, y grité, **"¡NO! ¡Me va a doler!"** Las lágrimas empezaban a rodar de mis ojos a travez de mis mejillas una vez más.

Mami hizo lo mejor que pudo para calmarme mientras la enfermera alistaba la inyección.

La lágrimas no pararan y empece a llorar mientras gritaba,

“¡NO! ¡NO! ¡NO!... ¡Mamiiiiiiiiiii!”

La enfermera se acercó por detrás en silencio, tomó mi brazo, y deslizó suavemente la aguja en mi brazo.

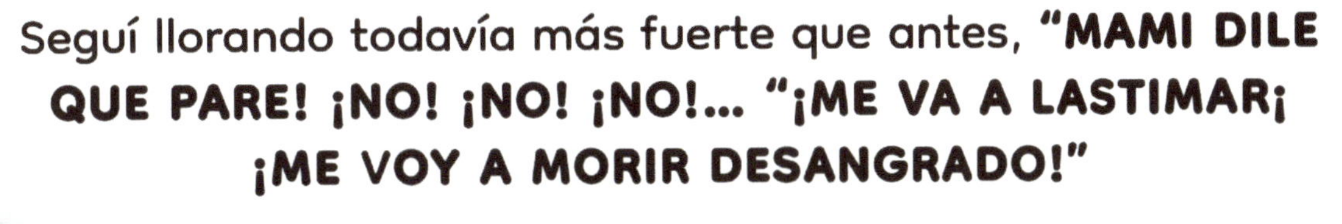

Seguí llorando todavía más fuerte que antes, **“MAMI DILE QUE PARE! ¡NO! ¡NO! ¡NO!... “¡ME VA A LASTIMAR¡ ¡ME VOY A MORIR DESANGRADO!”**

“¡Todo listo! ¡Acabamos!” La enfermera lo dijo calladamente a mami. Cuidadosamente puso un curita de muchos puntos de colores sobre un agujero pequeñito en mi brazo de la inyección.

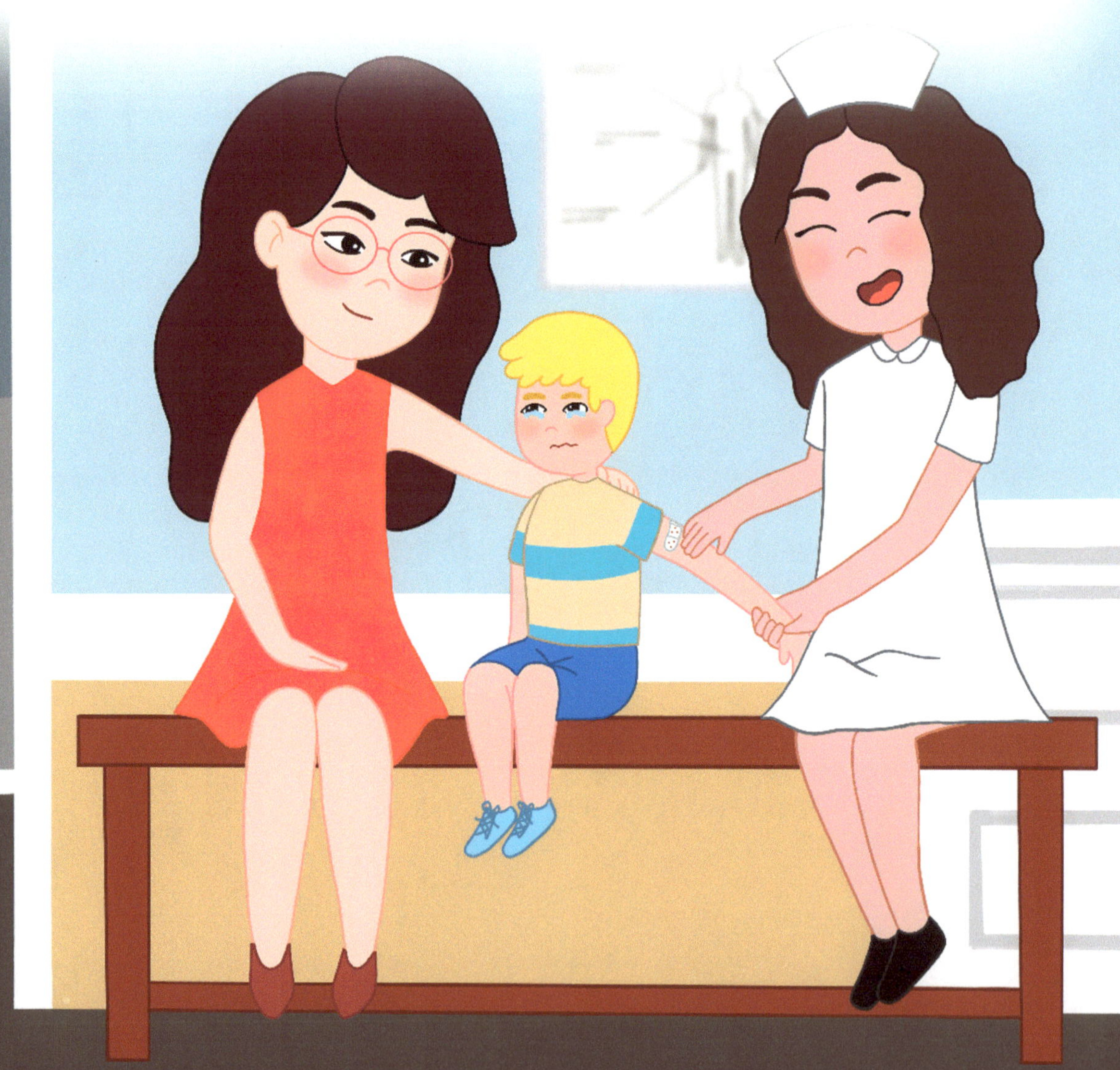

"¡Donny, hemos terminado! ¡Podemos irnos a casa!" Mami lo dijo tan tranquilamente como la enfermera.

"¿Qué..? ¿Ya? ¿Eso es todo? ¡Pero si no sentí nada! No me desangré ni nada!" Lo dije mientras me tragaba las lágrimas de tanto lloriqueo. Mami sacó un pañuelo de papel de su bolso y dulcemente me secó las lágrimas de mis ojos y me sacudió la nariz.

"¡Vámonos a casa!" Mami dijo con una tranquila y alentadora voz.

En camino hacia la salida del consultorio del doctor dije, "¡Adiós!" a la agradable enfermera con un indicio de una sonrisa que empezaba a formarse en mi rostro.

Ambos nos metimos al auto y mami empezó a conducir hacia casa.

De camino a casa, mami me sorprendió. Paró a comprarme una nieve de chocolate con menta en un cono de azúcar. Parecía que iba a ser un buen día después de todo.

www.ingramcontent.com/pod-product-compliance
Lightning Source LLC
Chambersburg PA
CBHW042049110726
48006CB00002B/351

* 9 7 9 8 8 0 7 9 1 9 8 2 3 *